Ye

23744

DIALOGUE

DE L'OMBRE

DE FEU MONSIEUR L'ABBÉ

DENANT

AVEC SON VALET ANTOINE.

Par M᷈ Guerin medecin, a Nant

AU BOURG,

Chez PHILIPPE OFFRAY,
Seul Imprimeur de la Province
du Vivarez. 1730.

DIALOGUE

DE L'OMBRE

DE FEU Mr. L'ABBÉ DENANT

Avec son valet Antoine.

L'Ombre.

Antoine mon ami , mon serviteur
    fidelle ,
Interompt ton sommeil , écoute qui
    t'appelle.   *Antoine.*
Ay mon Dieu, yeu souy mort, yeu aussie une
    voix ,
Ma moülié seignen nous.
                      L'Ombre.
    Le signe de la croix ne me fera point peut
Je ne suis pas un diable pour te faire frayeur.
                      Antoine.
Paure cau sias vous donc
                      L'Ombre.
Ton Maître déplorable.
                      Antoine
Coussi , mon Mestre ?
                      L'Ombre.
Mon ami , n'en doute nullement.

Antoine.

Helas! que me difes, vous fias Mouffu de Nàht

L'Ombre.

Je fuis tel que tu dis ; quitte toute ta crainte
Antoine repond-moi , & parle fans contrainte

Antoine.

Que ley diable , fias vous ,
Tàn de pau m'avez fach ,
Jamai plus n'ai agut un tau furioux englàht

L'Ombre.

Et qu'apprehendois-tu ?

Antoine.

Yeu non fabieu que creire ,
De m'aufi founa , fans que pougués res veire.
Jeu crefieu d'un prumié que fouguéffe le drac
Jufqu'a tant qu'ay fentit que pudias lou tabàc

L'Ombre.

Et bien , reprands courage ,
Je ne fuis pas ici pour te faire dommage ;
Je viens pour une affaire ou tu peux me fervir

Antoine.

Say que venez croumpa de tabac ou de vi.

L'Ombre.

Ce u'eft pas pour cela ,

Antoine.

Que s'ay venez donc faire ,
Qu'avez vous oublida , lous mort non tournon
gayre
Perque venez troublà lou monde lorfque d'of ?

L'Ombre.

Hé, je viens tout exprez pour chercher mon
   tresor,

Antoine.

Certe aro n'ay plus son, coussi d'in l'autre vide
Cal ave comm'ayci une bourço garnido,

L'Ombre.

Il me faut contenter le Nautonier Caron
Qui n'a jamais voulu me passer l'Acheron
Sans lui payer son droit, cette viliaine bête
Aussi tot qu'il m'a vû m'a, dit, infâme, arrete
Paye plûtôt qu'entrer ou bien retire toi :

Antoine.

Parlas vous tout de bon,

L'Ombre   Je te dis vrai, ma foi
J'ai bien voulu donner des marques de courage
Mais lorsque je l'ai vû qu'il entroit dans sa rage
Je me suis enfuis, & pour te parler net,
Je viens chercher l'argent que j'ai au cabinet
Je me suis avisé de venir à bonne heure,
De peur que tardant trop on n'en fit l'ouverture

Antoine.

Ay permafe Moussu, vous sias endarriérat,
Non espereron pas que fouguesses enterra.

L'Ombre.

On n'aura pas tout pris,

Antoine.

Tout, jusquos las sarraillos,
Et non y an ren laissa que las quatre murailles

Meſſieus les heritiés courriſien al cabal ,
Juſtamen comme fan las fedes à la ſal ,
Tout es iſta vira ſans briſe de vergoüigne
Jamay plus yeu n'ai viſt une tale beſougne
Dins tous lous cabinet trouvarias pas clavel
Que vous pouſque ſervi per penja un mantel ,
Se vous ageſias viſt qu'intey gens de levade
Lous faſie pénſſament de laiſſa la teulade ,
Savias laiſſa d'argent lou vous aurant trouva
Car non y a pas canton que n'ajon boulegat.

L'Ombre.

Tu me veux effrayer ,

Antoine.

Lou diable ſie s'ieu riſe ,
Et ſe vous veſias , n'an fa mai que non diſe

L'Ombre.

Et que ferai-je donc , je ſuis mal à cheval

Antoine.

Veſes , perque voulias ana per aqui aval ,
Et ſavias que foulie paſſa la grande riviere
Devias pourtà d'argen ou paſſa jour de fiere ,
Parce qu'aquel jour es conta es comptes ,
Tout exprés à Caron de non prene pas res
Toutes les autre jours cal pagua le paſſage

L'Ombre.

Je ne le croyois pas

Antoine.   Aquo n'es pas d'un ſage ,
Dire , non creſi pas , aquo es eſtre flaunac.
car vous ſavés fort ben qu'en paſſan à Gignac

Vous a fougut toujour mettre la man a la mite
Non vous an jamay fat credy d'un cap de pite
Perqué crefias vous donc que Caron vous paffe
De voule creyre aco, aco creyre un proces

L'Ombre.

Je n'aurois jamais crù qu'il eût eu l'impudence
De m'avoir demandé la paye par avance

Antoine.

Vous crefias de paffa fio de neyt ou de jour
En difen, mon amy pagaray al retour,
Per qui lou prenias vous per un nouvici :
Es depey longtems an'aquel exercici,
Car autanleu qu'une arme es paffade de là
Non cal pas efpera que fe puefque tourna
Lou mieu paire lay es, amay ma paure bele,
Mai defpey que y fon non-n'ay foupu nouvele
Pagua lou que quefie que vous puifque; coufta
Car el non trouvo pas fon conte de prefta
Yeu crefi qu'ai déx fou dedins mon coffres,
En liard ou en deniers Mouffu yeu vous les offre

L'Ombre.

Que m'offre tu, dix fols il veut dix mille franc,

Antoïne.

Couffi paure mouffu, vous douni per cent an
Ay lou trayte Caron, ay la maudite parque
Vous devie laiffa vieure vous dela Barque
Jamay vous non paffa fe non favez nada
Vous fia efta toujour d'un humeur trop timide
Lou devias querela comme faguet Alcide

Quand s'en anet cerca Thefées fon amic ,
Aro vous fourçara de paga ric à ric ,
Quand vous à connefcut poultront comune
   vaque ,
Se calie opiniaftra , non pas vira cafaque.

L'Ombre.

Tu en aurois fait autant.

Antoine.

        Ha , pardi non n'aurie ,
Car el aurie trouva aqueu que l'y caille ,
Se vous voulias quicon eme un efpafe
L'anariâs ataqua quand farié diñs fa càfe.

L'Ombre.

J'aime mieux le payer, non pas que j'aye peut
Mais , à te dire vrai , ce ne pas mon humeur.

Antoine.

May von prendres d'argens voftre fome m'e-
   ftone ,
En tout Nant permafe trouvarias pas perfonne
Que vous vougue prefta pèr voftre heritié,
Non vous preftarien pas foulamen dex dinié.

L'Ombre.

Tu railles; mais fçai tu que l'honneur les en-
   gage ,
A fournir ce qu'il faut pour mon voyage.

Antoine.

        [l'hounou]
Al jourd'hüéy l'argen es plu car que ,
Que me pengen d'obord fe non dife de non.

L'Ombre.

L'Ombre.

Et comment le sçais tu.

Antoine.

     Et que per conjonçture ;
Amay n'en jurarieu fur la fant-Efcriture ,
Apres ço qu'ay vift poude parla fegur !

L'Ombre.

Et que ferai je donc dans un fi grand malheur
Peut-être qu'en cherchant tu trouvera un
  homme.
Qui pourroit me prêter pour un an cette
  fomme.
En lui faifant promeffe , qu'il ne perdra rien

Antoine.

Et pey qui pagara.

L'Ombre.

    Ceux qui tiennent mon bien
Qui feront condamnez pour fi peu qu'on les
  preffe.
A payer tout l'argent donc j'aurai fait
  Promeffe.

Antoine.

Qui diable crefes vous que fous tant ignorent
E'pey qui penfa vous qu'ajes ta pau de tefte
De bailla fon argen fans veire à qui l'on prefte.

L'Ombre.

Tu refpondras pour moi ,

Antoine.

La terrible caufion !

B

L'*Ombre*.

Comment ! que dis-tu , mon ferviteur
  Denopfes,
A donc fuivi me pas.

Antoine.

            A feguit d'ambla croffe ,
Aquel paure Chreftian , es partit que fourtie
Tout frefc de malautie ,

L'*Ombre*.

Va donc promptement voir s'il aura pris
la bourfe ,

Antoine.

Monffu ana y vous qu'y feres d'une courfe
Yeu ai un agaffin que me fa mal al pé ?

L'*Ombre*.

Tu n'en fentira rien quand tu l'aura coupé

Antoine.

Outre lo mau de pé yeu ai la court'halene ,
Monffu anas y vous prenés aquele pene ;

L'*Ombre*.

Tu ne fera qu'aller jufque au bor de l'eau

Antoine.

Non ferai per ma fe Caron me farias pou ,
Se vous mi refoudez farez mai que non crefi
Monffu , anas y vous vous dife n'ai pas lefi

L'*Ombre*.

Va donc le fçavoir de fon ami Guibal.

Antoine.

Yeu fouy affegura qua prés d'argen : ayal

                              Car

Car yeu fave d'aquel que tenie la candele
Que n'a pas oublidat de prene l'efcarcele
Are non fave pas fe la prengue per vous,

L'Ombre.

Ha , puifqu'il én à pris il en aura pour tous
Mais il paffera fran , car Caron n'a pas prife
Que fur les grand Seigneur du monde & de
    l'eglife
Adieu mon cher ami , il me faut m'en
    aller vite.

Antoine.

E'be quan vous playra poudé gagnia garite,

L'Ombre.

Adieu tien toi galiard : quand tu viendras
Chez nous tu feras bien venu,

Antoine.

                    Tenes vous-y toujours ,
Demouras y fans yeu, car n'ai pas grand'envje
Qu'aquel pendut Caron encare el me veje
Aprepaus , oublidave un avis impourtant :

L'Ombre.

Parle donc dans deux mot , ne me retien pas
    tant ,
Il me tarde déja d'aller payer cé lâche ,
Comme un homme d'honneur , voila ce qui
    me fache.   Antoine.
Quan vous aprouchares d'al fejour infernal
Regardas que Cerbére non vous fafe pas mal
Aco es un gros mafti eftaca à la porte,

C

Efprés per enpacha que perfonne non forte.
L'Ombre.
Quel ordre tiendrai-je pour avoir l'entrée.
Antoine.
Cal averti pluton coume faguét E'née ,
Aquél donne ordre el es lou Gouvernour.
L'Ombre.
Il faut donc fans manquer que je lui faffe
  honneur.
Antoine.
Per lou miou oubligea de vous fa bonne mine
Anas yeire d'abor la Reyne Prouferpine ,
Piey ana vifita dins ley appartamens.
Mejére é may fa feur , fafes leur conplimen
Quan aures fa là cour à toute aquele race,
Pluton vous anirà mena din voftte place.
Quan fares au quartié de Meffieus les Prelats,
Veires de Cardinal, d'Avefque é d'Abats.
jamay non vous fias vift dins une tale fieire,
Vous veire Sifyphónque fa rouda fa peyie.
Vous veires Promothée bequeta d'un vautour
Vous veires Ixion que fa rouda fon tout
Vous veires Tantale efte qui coum'unciure
Qu'a D'aygo jufqu'al col fans que hen
  pofco beure ,
Yous veires Demofthéne Ovide. & Cicéron
Alexandre le Gran , Cefar may Scipion
Vous trouvares aqui toute la medecine,
Galien Hypoucrate , & le mentur de Pline

Se vous voules jouga , per paffa voftre tens
Ou fuma de tabac , trouyares voftres gens
Vous non languires pa en tan bonne conpagne
Parcé qu'aco aval un païs de coucagne.
Y'auffifez de toutes fortes d'oufels ,
De perdrix de Becaffes am ay d'eftournels
De tourdres de cardounilles & d'auriols ,
De congieus d'agaffes & roufignols ,
De Lebres de lapins de faifans ,
Per un fou la dougene des ortolans ,
Et piey que voules d'avantage ,
L'on a per des denie la lieure d'al bon frou-
    mage.

L'Ombre.

Quoique dans ce païs on a tout ce qu'il faut
Vois que tout le monde apprehende le fau
Mais dis moi s'il te plaît, Puifque le tems nous
    dure ,
Les honneurs qu'en me fit de ma fepulture
Sans doute ion t'appella pour affifter a tout,

Antoine.

Yeu vous vau conta des pés jufque al bout
Quand vous foufqueres mort degus non gité
    larme .
Non y avie res que jeu qué fouffi en alarme

L'Ombre.

Quoi ? l'on ne pleura pas ,

Antoine.

Non y fongerou pas.

L'Ombre.

Les Juïas fans pleurer ;

Antoine.

Avion d'autres affaires,
D'abord qu'agéres fat la darniere badade,
Nen partigueron dous per garda la nifade
L'autre faguét fala juftamen voftré cors,
Dela même maniere que ne falon lés ports
E't péy lou fec plega dins une fimple tele.

L'Ombre.

L'aube qu'on me mit étoit-elle fort bele

Antoine.

Non vous changéron pas.

L'Ombre.

On ne m'abilla pas en Ecclefiaftique

Antoine.

Vous fagueron pas mai-qu'aurien f aa un laïque ,

L'Ombre.

Et comment m'ofa-t'on paffer parMontpellié :

Antoine.

Non y cerquéron pas tant de ceremounie

L'Ombre.

Quels Prêtres me portoient ?

Antoine.

Deux meulets de litiére ,
Que voftres heritiés mèneron de la fiéro,
Et n'emplegueron pas per fa voftres haunours,
Ni Mounges ni d'Abet ni Capelas , ni croux

Atal calgué ana d'aquele béle forte ;
E'may de trente cops avan d'estre à la porte
Augigan be de gens que cridavon tout haut
Aqui van entérra lou corps d'un Huganaut

L'Ombre.

Et quand je fut à Nant comment fit le
Chapitre,   *Antoine.*

Vous voulien entérra, Mouffu, ambe la mitre
Habilla en Prelat, la Croffe dins las mas ,
Més voftres heritiés non va vouguéron pas

L'Ombre.

A-ton jamais vû pareille ingratitude ;
Je ne fçai qu'appeller un proçeder fi rude

Antoine.

Anfin vous an tratta com'un vrai païfan
Coume un fimple pillart, é coume un artifan
Soulament an paga à Mouffur lou Vicari
Un tiérs de ço que cal per voftre mourtuari

L'Ombre.

Et les Prêtres voifins furent-il bien payez
Les fit on bien dîner , furent-ils defrayez ;

Antoine.

Quand agéron cantat le Requien é le réfte
Lour dounéron cinq fous per ana faire fêfte

L'Ombre.

Si j'euffe déviné j'aurois été plus fage ,
J'aurois doné mon bien à un melieur ufage

Antoine.

Devias ave dounat aquelis ornamens ,

A la Gleife de Nant , ou devias per lou mens
Acheta quanque fonds per fa une Capélo
Non pas layffa moufis l'argen dins l'efcareélé

L'Ombre.

La Parque me furprit dans mon aveuglemenè
Je n'etois plus a moy quand je fit teftament
J'aurois laiffé d'argen pour marier de filles
Mais je nû pas le tems de regler me coquilles
Antoine.

Quand on vou fa quiquon val may Puleu
   que tard ,
Non cal pas efpera lou jour de fon depar ;
Quand vefias que Pluton vous donnave l'a-
   larme.
Devias fongas d'abord al falut de voftre amé ;
Et fe avias crefut le Manfeu é may yeu ,
Quand vous avertiffian farias encaro viu
En vous diffe toujour , tout lou monde vous
   Crido ,
Aquel maudit tabac vous couftara la vido
En fervitou fidel yeu vous ou difié tout ;
Mais vous vous en rifias fans me refpondre
   Mout ,
Ataben permafè s'yeu aguefi crefut ,
Que ma peno fugues ifta ra'n mal pagado
vous aurio be quitta per fa vale l'ayfado
L'Ombre.

Quoy ? ne t'ai-je pas fait un honnéte legat

Que diable me servis quan non m'an res paga
Acö me fara be pourta la cambo drecho

L'Ombre.

Ah ! quelle conscience.

Antoine.

Non l'an pas tant estrecho,
Qu'aco que m'es degut non leur fasco beson,
Mais leur ou douni pas mou pagaran un jour,

L'Ombre.

Je suis au desespoir que tu sois mecontent,
Mais je ne puis rien plus dans mon état pre-
sent..
Adieu mon cher ami, le jour s'en va paroître,
Il nous faut separer souviens-toi de ton Maître

Antoine.

Yeu vous convidarie de prêne un bon repas
May puis que vous ses mort sayque non man-
jas pas,
Se vous avias lesi davan que vous n'äna,
Vous bailarrei une pipe amai un peu de Tabac
Et vous fario tasta d'ou bon vin de laprade
Car al Selié n'aven uue pleno boutado :
Lou trouvarias for bon, parce qu'es pla madus
Vous fário rejoui puis que tout s'ey abonde
Mes sia mort pauramen, le diable lou malheur.

L'Ombre.

Les morts ne mangent pas au moins a l'autre
monde,

Antoine.

Be cal que y fie pla per que non tournon pas.

L'Ombre.

Il faut les venir voir là bas.

Antoine.

Adoucias, non pode pas pecayre,
Recoumandas me fort foulamen a mon payre.

L'Ombre.

Je ne le connois point, te reffamble-t'il fort.

Antoine

Me femble tout cagat, le trouvares d'abor,
Demandas à Pluton le canton des Groülies,
Aqui le trouvares qu'adoube de foulies,
Digas-m'y fi vous play, que tardares pas gaire
Per l'y teni foulas de comanda ma Maire.

www.ingramcontent.com/pod-product-compliance
Lightning Source LLC
Chambersburg PA
CBHW061423170626
46811CB00005B/2103